Le grand livre des
MONSIEUR MADAME

Roger Hargreaves

Le grand livre des
MONSIEUR
MADAME

Guili guili !
Guili guili !
Guili guili !

hachette
JEUNESSE

Sommaire

Les remarquables bêtises
de Madame Catastrophe
et
de Madame Chipie

Ce jour là, à la fête foraine, madame Catastrophe tenait le stand de  . C'était la toute première fois !

– Une barbe à papa, s'il vous plaît, lui demanda madame Beauté.
– Tout de suite ! répondit  . Mais voici ce qui arriva…

Elle appuya sur le bon  mais ne sut plus arrêter la machine ! Pauvre madame Beauté, toute barbouillée !

Monsieur Endormi qui vendait des  s'était endormi et s'envolait dans le ciel. Madame Catastrophe eut une idée…

Elle courut au stand de tir et s'empara d'une . Elle visa : Pan ! Pan ! et fit éclater tous les ballons !

Monsieur Endormi tomba d'un coup sur l'herbe ! Pauvre  tout endolori ! Alors, pour se rattraper...

Madame Catastrophe alla chercher les  pour le buffet. Mais elle en prit une énorme pile et évidemment...

Elle dégringola avec ses bols en plein milieu des  ! « Tant pis, s'écrièrent ses amis, un bon rire vaut un bon repas ! »

fait des catastrophes

Quelle calamité, cette madame Catastrophe ! Elle ne peut pas faire la vaisselle sans casser des bols. Relie les morceaux cassés pour tout réparer.

MONSIEUR  JOYEUX
connaît les saisons !

Pour monsieur Joyeux, c'est la joie toute l'année !

YOUPI !
Voilà le printemps !
Avant le printemps,
c'était… l'hiver !

Et après,
ce sera… l'été !

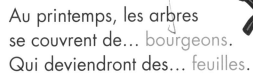

Au printemps, les arbres
se couvrent de… bourgeons.
Qui deviendront des… feuilles.
Ou des… fleurs.
En été, certains arbres
auront aussi des… fruits.

Et puis les fruits et les feuilles tomberont.
Et ce sera… l'automne !

Où êtes-vous cachée ?

MONSIEUR  HEUREUX
et ses drôles de reflets !

Monsieur Heureux va à la fête foraine.
Il se regarde dans des drôles de miroirs !
– Ce sont des miroirs déformants,
lui dit madame Je-Sais-Tout. En effet,
monsieur Heureux ne se reconnaît plus !

– Ce n'est pas moi !
C'est monsieur Maigre !

– Ma parole ! Je suis plus petit
que monsieur Petit !

– Et me voilà deux ! Comme madame
Double et madame Double.

MADAME  CATASTROPHE

et les barbes à papa

Madame Catastrophe a recouvert de barbe à papa les visiteurs de la fête foraine. Découvre qui sont les victimes grâce à leurs chaussures et leurs chapeaux. Et redessine-les !

(A)

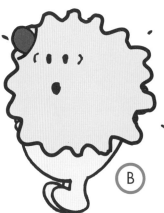

(B)

(C)

(D)

MONSIEUR  MALIN

et ses additions !

Monsieur Malin est le roi de la logique. Et toi ?

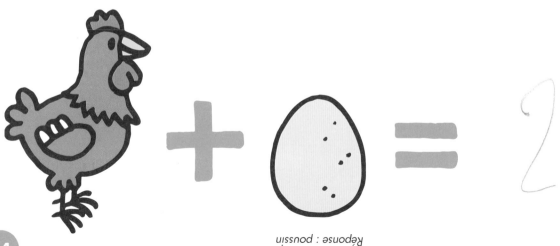

Réponse : poussin

Complète en dessinant les additions de monsieur Malin.

Réponses : 1) Madame Chipie bleue 2) plat vide 3) arbre plein de fruits.

MONSIEUR AVARE

et ses soustractions

Pour savoir ce qui lui manque, monsieur Avare fait des soustractions.
Mais il lui manque tes dessins pour trouver la solution !

Réponses : 1) Feuilles 2) cadeaux 3) pièces de 1 franc et de 5 francs

MADAME  CATASTROPHE

et sa recette

Pour faire cuire de bonnes pâtes…
remplis d'eau chaude… la baignoire.
Ajoute… du sucre, du chocolat en poudre
et trois cuillerées de moutarde.
Remue avec… un balai.
Jette dedans… trois kilos de pâtes.
N'oublie pas de mettre aussi… les boîtes.
Retire l'eau de la baignoire avec… une paille.
Voilà ! C'est prêt !
Mais pourquoi personne ne veut manger
de mes bonnes pâtes ?

MADAME  CATASTROPHE
et sa toilette

Pour prendre un bon bain,
ouvre en grand le robinet... du lavabo.
Verse dans la baignoire deux bouchons...
de chocolat au lait.
Enlève tes chaussettes, et mets-les... sur tes oreilles.
Prends le savon et frotte-toi bien avec... ta brosse à dents.
Pour te rincer, verse sur ta tête beaucoup...
de shampooing.
Voilà, je suis toute propre !
Mais pourquoi est-ce que j'entends la voiture des pompiers ?

MONSIEUR  TATILLON

peint sa barrière

Attention ! Il ne faut surtout pas contrarier monsieur Tatillon.
Alors, regarde bien l'ordre des couleurs pour terminer de peindre sa barrière !

MONSIEUR  ENDORMI
s'endort et se réveille !

Monsieur Endormi décolle avec sa chaise et ses ballons ! Mais : Pan ! Pan !
Madame Catastrophe passe par là et tire sur les ballons !
Colorie et dessine les ballons gonflés puis éclatés.

MADAME CHIPIE

joue avec les bijoux

Oui, mais ce sont ceux de madame Beauté ! Et cette chipie de madame Chipie lui a défait son collier ! Regarde bien l'ordre et la couleur des perles pour le lui redessiner.

met la gomme !

Madame Chipie adore se servir de sa gomme. Comme une chipie, bien sûr !
Elle a gommé tous les A, les O et les I des Bonshommes et des Dames.
Réécris-les à la bonne place !

Réponses : Tatillon, Timide, Inquiet, Sage, Oui, Chatouille, Risette, Follette, Endormi.

MADAME  CHIPIE

pose ses charades de chipie

Mon premier est un 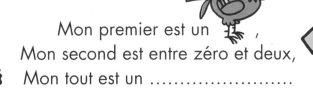 ,
Mon second est entre zéro et deux,
Mon tout est un ....

Mon premier éclaire les marins en mer,
Mon second n'est pas ton frère !
Mon tout est un ....

aïe !

Mon premier est la maman des canetons,
Mon second un cri de douleur,
Mon tout est une ....

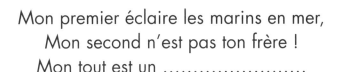

Sur mon premier s'accroche la voile,
On fait mon second le matin,
Mon troisième est le pluriel du ciel,
Mon tout est ....

Réponses : 1) Mon tout est un coquin (coq-un) 2) mon tout est un farceur (phare-sœur)
3) mon tout est une canaille (cane-aïe) 4) mon tout est malicieux (mât-lit-cieux).

23

Madame Chipie change de couleur

Quelle chipie, cette madame Chipie !
Un jour, elle se fit passer pour madame
Timide pour inviter monsieur Bruit
à prendre un  !

Elle mit une  sur la maison
de monsieur Petit et lui fit croire que c'était
la nuit ! Il ne voulait plus se lever !

Elle commanda un tas de meubles
pour monsieur Avare qui faillit tomber
dans les  en recevant la facture !

Monsieur Malin eut une idée pour donner
une leçon à cette chipie. Regarde son
 et tu comprendras !

Monsieur Nigaud, monsieur Tatillon et madame Magie s'écrièrent en voyant  : « Comme vous êtes bleue ! »

Monsieur Rigolo lui cria : « Vous êtes malade ! Allez voir monsieur Pinceau, il a le remède qu'il vous faut ! »

Madame Chipie suivit ses conseils… Mais c'était une blague de ses amis ! Elle était vraiment maintenant !

Heureusement, la pluie lui fit retrouver sa vraie couleur et son ! « Sans rancune ! » lui dirent ses amis.

MADAME  CHIPIE

et les arbres fruitiers

Sur le pin, poussent les pommes de pin.
Ça ne se mange pas ! Mais les arbres fruitiers,
eux, portent des fruits qui se mangent.

Sais-tu comment s'appelle
celui où poussent
les **pommes** ?
C'est le **pommier** !

Celui où poussent
les oranges ?
L'oranger !

Celui où poussent
les pamplemousses ?
Le pomélo !

Quelle chipie cette madame Chipie !
Tu croyais que c'était le pamplemoussier ?
Tu avais raison aussi, mais l'arbre sur lequel poussent
les pamplemousses roses, s'appelle le pomélo.

pour toi, c'est quoi ?

Coucou ! C'est moi, monsieur Malin du Malinois !
À toi de trouver les mots en « oi »
que je te fais deviner là !

Tu en as dix.
C'est quoi ?

Tes doigts !

Elle sort de ta bouche.
C'est quoi ?

Ta voix !

Le loup y est, parfois.
C'est quoi ?

Le bois !

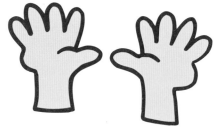

Il est posé sur la maison.
C'est quoi ?

Le toit !

27

MONSIEUR  NIGAUD

et ses questions idiotes !

Pour répondre aux questions de monsieur Nigaud, il ne faut pas être nigaud !

Pourquoi les éléphants
ne mangent-ils pas de bananes ?

Pourquoi les ponts ont-ils
les pieds dans la rivière ?

Parce qu'ils n'ont pas peur des rhumes.

Pour qu'on ne les prenne
pas pour des singes.

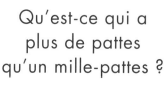

Pourquoi le roi porte-t-il
une couronne sur la tête ?

Qu'est-ce qui a
plus de pattes
qu'un mille-pattes ?

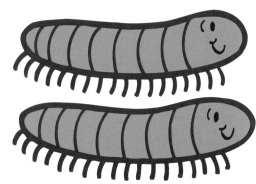

C'est plus pratique qu'autour du cou.

Deux mille-pattes !

MONSIEUR  NIGAUD
croit n'importe quoi !

Monsieur Nigaud croit que les pâtes ont des pattes ! Il a peur qu'elles ne se sauvent avant qu'il n'ait eu le temps de les manger !

Monsieur Nigaud croit que les mouches se mouchent ! Il essaie de les attraper pour leur donner un mouchoir !

Monsieur Nigaud croit que la baguette de pain est magique ! Il appelle la boulangère madame Magie !

Ah ! Quel nigaud, ce monsieur Nigaud !

MONSIEUR MALIN

et ses mots malins

Relie tous les mots dans le bon ordre. Chaque fin de mot se prononce comme le début du suivant, par exemple : artichaut ➜ chocolat

CHOCOLAT

ARTICHAUT

PEINTURE

TURBAN

LAPIN

DIMANCHE

DIMANCHE
1
JUIN

MANCHE

BANDIT

MADAME  CHIPIE

est toute tachée

Madame Chipie a encore fait des bêtises ! La voilà toute tachée ! Essaie de deviner, grâce à la couleur des taches, avec quel aliment elle s'est barbouillée.

Où êtes-vous cachée ?

Les incroyables aventures
de Monsieur Malchance
et
de Monsieur Étonnant

Monsieur Malchance se préparait
à partir en vacances. Mais d'abord
il se brûla le doigt en faisant griller
son .

Puis on sonna à sa porte. C'était madame
Boulot qui venait lui offrir une
pour se protéger du soleil.

Monsieur Malchance se dépêcha d'aller
la mettre dans sa  mais tomba dans
l'escalier en s'emmêlant les pieds !

Ensuite il rata le  pour aller à
la gare mais il eut une idée : pourquoi ne
pas essayer de faire de l'auto-stop !

Monsieur Étourdi qui passait par là dans sa voulut bien l'accompagner, mais il partit en marche arrière et emmena monsieur Malchance à…

… l'aéroport !

– C'est à la gare que je voulais aller, dit . Décidément, je n'ai pas de chance !

En tombant sur le tapis roulant des bagages, monsieur Malchance atterrit dans la soute d'un …

… qui partait pour une île au !
Quelle fête ! Même si, pendant qu'il se reposait sous un cocotier, les noix lui sont tombées sur la tête !

n'a pas de chance !

Regarde bien monsieur Malchance. Il est parti de bon matin acheter des œufs mais le chemin du retour est dangereux, surtout pour un malchanceux ! Décris tous les petits malheurs qui pourraient lui arriver !

Réponses : *Que peut-il arriver avec le râteau, les balles, la pomme, les œufs, la peau de banane ?*

MONSIEUR MALCHANCE

et les blagues de Madame Canaille

Qui a offert des cisailles à cette canaille de madame Canaille ?
La voilà qui découpe tout chez monsieur Malchance. Trouve ce qu'elle a abîmé !

Réponses : le cadre, le rideau, la fleur, la nappe, le livre, le tapis.

fait son ménage

« Quel travail de faire un grand ménage ! » dit madame Boulot.
Cherche les sept différences entre les deux images.
Quand tu les auras toutes trouvées, madame Boulot terminera !

Réponses : le cadre, la fleur, le rideau, la poignée de porte, la chaise, la fenêtre, le manche à balai.

MONSIEUR MALCHANCE
et ses casse-têtes !

Regarde bien les couleurs des fleurs qui tombent sur la tête de monsieur Malchance, et continue la frise sans te tromper !

MADAME TÊTE-EN-L'AIR

vide son sac !

Madame Tête-en-l'Air n'a réussi qu'une fois à remplir correctement son sac.
Depuis, elle oublie toujours quelque chose !
Dessine ce qui manque dans chacun de ses sacs.

MONSIEUR  ÉTONNANT

n'en finit pas de nous étonner

Monsieur Étonnant est capable de fabriquer une voiture avec n'importe quoi !
En t'aidant des modèles dessine, toi aussi, une voiture-armoire,
puis une voiture-lit, etc. Et monsieur Étonnant qui la conduit, bien sûr !

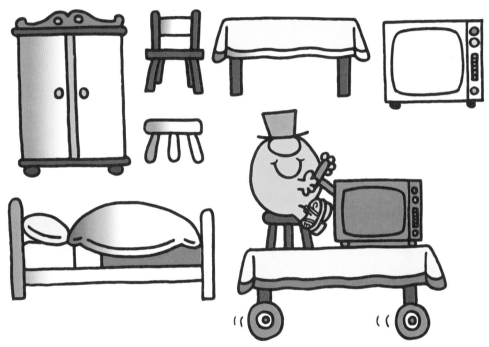

MONSIEUR RIGOLO

Où sont vos couleurs ?

En suivant ces indications, redonne ses couleurs rigolotes à monsieur Rigolo !

1 = 2 = 3 = 4 = 5 = 6 = 7 = 8 =

MONSIEUR MALCHANCE

et son chemin de chance

Monsieur Malchance veut soigner ses petits bobos ! Trouve le seul chemin sans encombres pour qu'il atteigne sa mallette de secours. Les trèfles à quatre feuilles et les fers à cheval – cela porte chance ! Fais ensuite parcourir à monsieur Malchance le chemin le plus malchanceux que tu trouveras !

MADAME BOULOT

et son bouquet de mots

Tous ces mots commencent par le son bou, comme boulot ! Devine-les !

Avec quoi se protégeait le chevalier ?

Avec un bouclier.

Avec quoi ferme-t-on le gilet ?

Avec des boutons.

Où achète-t-on le pain ?

À la boulangerie.

Qu'est-ce qu'on met sur ton gâteau d'anniversaire ?

Des bougies.

Qui pétrit la pâte et met au four des pains qui ressortiront tout dorés ?

Le boulanger.

Qui se glisse sous la voiture pour la réparer et noircit ses pauvres mains ?

Le mécanicien.

Ceux-ci commencent tous par un son différent. Devine-les aussi ! Au boulot !

Qui bondit, et saute, et tourbillonne, et sourit, toute heureuse ?

La danseuse.

MONSIEUR  ÉTOURDI

et sa voiture

Monsieur Étourdi ne se souvient jamais
où il a garé sa voiture. Aide-le à la retrouver.

Réponse : la bonne voiture est la C.

48

n'en croit pas ses yeux !

Monsieur Curieux n'arrête pas de regarder par le trou de la serrure, mais il voit toujours un détail qui n'appartient pas à la grande scène. Lequel ?

Réponse : A.

Monsieur Étonnant ne faisait jamais rien comme tout le monde. Il attendait le  sous un réverbère, par exemple !

Un jour, madame Catastrophe entendit un drôle de bruit dans la à outils de monsieur Étonnant.

– Je peux vous aider ? demanda-t-elle.
– D'accord, dit . Mais elle ressortit pleine de cambouis !

Monsieur Curieux vint lui aussi pour voir ce que fabriquait .
Celui-ci lui confia son secret.

C'était une voiture ! Une étonnante voiture ! Perchée sur de hautes roues et en forme de , quelle histoire !

Monsieur Étonnant gara sa voiture au parking. Mais pendant qu'il allait acheter des , il se mit à neiger.

Les étaient sous la neige. Toutes, sauf celle de monsieur Étonnant, bien sûr !

Il y fit monter ses **4** amis.
– Pour vous : Hip, hip, hip, hourra ! dit monsieur Rigolo. Vous nous tirez d'un mauvais pas !

MONSIEUR  ÉTONNANT

compte jusqu'à douze !

Un petit Polichinelle
Qui danse sur sa fenêtre,
Un, deux, trois,
Il se fiche en bas,
Quatre, cinq, six,
Il remonte bien vite,
Sept, huit, neuf,
A des cornes de bœuf,
Dix, onze, douze,
Et des jambes toutes rouges.

MONSIEUR  ÉTONNANT
joue les professeurs

Tu sais ce que c'est que des homonymes ? Des mots qui font le même son, mais qui ne veulent pas dire la même chose. Étonnant, non ? Par exemple…

On danse au… **bal** !
Et on joue à la… **balle** !

Le cavalier s'assoit
sur la… **selle** !
Et sur ses frites,
on met du… **sel** !

Quand tu parles, on entend ta… **voix** !
Et le train roule sur la… **voie** !

MONSIEUR ÉTONNANT

cherche ses affaires

Monsieur Étonnant s'étonne. Où sont passés ses chaussures et son parapluie ?
Sauras-tu l'aider à les retrouver ?

Réponses : 2 et E.

MONSIEUR  RIGOLO

et ses animaux préférés

Sais-tu quel est l'animal préféré de monsieur Rigolo ? C'est la cane.
Parce que la cane a ri ! Canari ! Hi ! Hi ! Et l'otarie aussi. Allez, vas-y : souris !
Trouve d'autres mots qui finissent par « ri » et qui le feront ri-goler !

MONSIEUR ÉTONNANT

et sa drôle de maison

Parmi toutes ces ombres, retrouve celle de la maison étonnante de monsieur Étonnant !

Réponse : la bonne maison est la C.

MONSIEUR  ÉTONNANT
prend son bain

Monsieur Étonnant ne trouve pas étonnant de prendre deux bains dans la même journée ! Trouve sept différences entre les deux scènes.

Réponses : 1) L'armoire au-dessus de la baignoire 2) les photos du journal de monsieur Étonnant 3) le canard dans le bain 4) les robinets 5) les pieds de la baignoire 6) la couleur de la table 7) le dessus de la commode.

Où êtes-vous caché ?

Où êtes-vous caché ?

Les surprenantes surprises
de Monsieur Peureux
et
de Madame En Retard

Le courage de Monsieur Peureux

Ding ! Dong ! Monsieur Peureux se cacha sous son  en tremblant comme une feuille avant d'aller ouvrir.

C'était madame Petite qui allait en forêt. Il l'invita à déjeuner après sa promenade. Mais madame Petite perdit son .

Monsieur Peureux la chercha dans le bois malgré sa peur du et des oiseaux. Mais il ne trouva personne !

Alors il appela monsieur Pressé qui partit comme une .
– Madame Petite ! Où êtes-vous ? L'orage va éclater !

Madame Contraire la chercha dans l'  de monsieur Peureux, mais évidemment, elle n'était pas là.

– Je vais la trouver ! dit monsieur Bing
– Moi aussi ! dit , l'éclair ne me fait pas peur !

Il trouva madame Petite blottie derrière un . Elle dit : « Vous m'avez sauvée ! » Mais monsieur Peureux faillit s'évanouir devant un ver de terre.

Monsieur Bing atterrit dans le  en venant féliciter monsieur Peureux de son courage ! Quel héros ! Bravo !

MONSIEUR  PEUREUX

et son ombre

Monsieur Peureux a peur de son ombre. Mais laquelle ?
Parmi toutes ces ombres, quelle est celle de monsieur Peureux ?

MONSIEUR PEUREUX

et les animaux

Monsieur Peureux a peur de ces petits animaux bien gentils.
Écris leur nom dans la grille.

MONSIEUR  NEIGE
a des ennuis

« Quel vilain temps,
ce beau temps ! »
s'écrie monsieur Neige.

« Aïe ! Aïe ! Aïe !
J'ai peur, je fonds ! Voilà que
je ressemble à............ »

« Ouille ! Ouille ! Ouille !
Je suis tout maigre !
On dirait................ »

« Ouf ! Revoilà l'hiver !
Adieu, monsieur Peureux,
adieu, monsieur Maigre ! »

MONSIEUR PEUREUX

et les sept différences

Aide monsieur Peureux à trouver les sept différences entre les deux images.

Réponses : 1) Le sourire de monsieur Peureux, 2) la main de monsieur Peureux, 3) le tableau, 4) le nœud de madame Petite, 5) la pendule, 6) l'heure sur le cadran, 7) une assiette en moins sur la table.

fait son courrier

Monsieur Pressé est toujours trop pressé. Sur ses enveloppes, il n'a pas écrit les noms des Bonshommes correctement.
Il manque toutes les lettres I, O et A. Peux-tu les écrire à la bonne place ?

Monsieur
GL _ UT _ N

Madame
_ CR _ B _ TE

Monsieur
C _ ST _ UD

Madame
_ UT _ R _ T _ _ RE

Monsieur
S _ LE

Madame
_ U _

Monsieur
T _ T _ LL _ N

Réponse : Glouton, Sale, Autoritaire, Oui, Costaud, Tartillon, Acrobate.

MONSIEUR  PEUREUX

a peur de tout ce qui pique !

Regarde bien tous ces éléments. À certains, il manque quelque chose pour effrayer monsieur Peureux. Complète-les et termine de colorier.

MONSIEUR  PEUREUX

a peur du bruit !

Dès qu'il entend le moindre bruit, un gratouillis, un minuscule cui-cui, monsieur Peureux se cache sous la table ou sous son lit. Dessine-le tremblant de peur !

La frousse dans la brousse !

Pauvre monsieur Peureux ! Il a une frousse bleue des vers de terre ! Dessine-le sur le bon chemin devant chacun des vers et rajoute-lui encore quelques frayeurs !

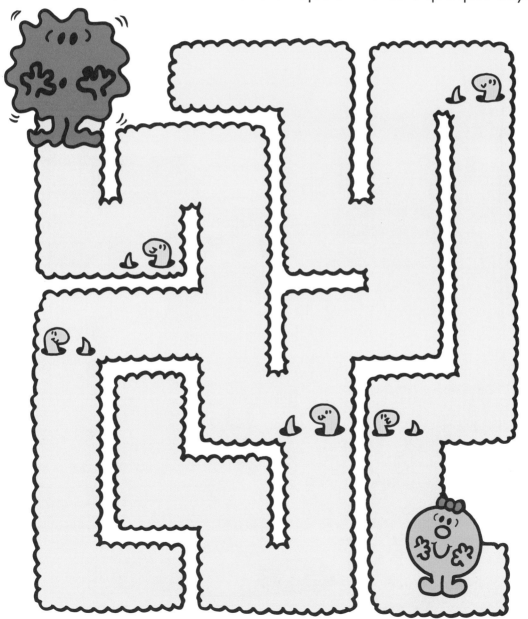

MADAME EN RETARD

ne veut plus être en retard !

Pour se réveiller à coup sûr, madame En Retard a posé réveils et montres un peu partout dans la maison : sur la cheminée, sur le guéridon, sur la commode, sur la table, sur la télévision. Dessine-les !

MONSIEUR PRESSÉ

chante en courant !

Cours après monsieur Pressé
si tu veux apprendre sa chanson préférée !

Il court le furet

Il court, il court, le furet,
Le furet du bois, Mesdames,
Il court, il court, le furet,
Le furet du bois joli.
Il est passé par ici,
Le furet du bois, Mesdames,
Il repassera par là,
Le furet du bois joli.
Il court, il court, le furet,
Le furet du bois, Mesdames,
Il court, il court, le furet,
Le furet du bois joli.

MADAME  CONTRAIRE

fait tout le contraire

En hiver, madame Contraire a chaud.
Alors, elle met des vêtements légers.
Elle porte un chapeau de soleil.
Elle boit des boissons fraîches.
Elle prend des bains glacés.
Elle se découvre pour dormir.
Et elle se demande :
« Mais pourquoi est-ce que je fais sans arrêt…
ATCHOUM ? »

est en retard !

J'ai flâné.

J'ai traîné.

Je me suis attardée.

Et voilà : je suis en retard !

Vite ! Vite !

Il faut se dépêcher.

Se hâter.

Se presser.

Mais sans se précipiter !

Je prends mon temps pour rattraper mon retard.

Ou, sinon, je serai en avance !

Madame En Retard en avance ?

Même monsieur Étonnant n'a jamais vu ça !

Ce sera déjà assez étonnant si je suis à l'heure !

« Le premier client du supermarché aura tout gratuit », entendit madame En Retard à la ce matin-là.

Elle but son sans se presser, passa le balai, écouta de la musique et prit un bain dans sa baignoire.

Puis elle se coiffa et prit tranquillement le du supermarché. Mais quand elle fut devant la porte…

– Toujours en retard, madame En Retard ! lui dit madame Autoritaire. C'est moi qui suis arrivée en **1er** !

Dans le journal, madame En Retard lut une annonce pour une vente de charité. Elle à une amie et partit en retard.

Sur son chemin, elle rencontra monsieur Bavard, qui lui parla des , du soleil, de la , etc.

– Vous êtes en retard, madame En Retard ! lui dit monsieur Avare quand elle arriva. J'ai tout acheté pour un seul !

décida alors d'aller au cinéma. Pour une fois elle arriva en avance et on lui offrit une !

sait prendre du retard !

Se lever très tard, prendre son petit déjeuner devant la télévision, se laver les cheveux alors qu'ils sont propres… Pas de doute, madame En Retard a un don pour se mettre en retard ! Remets dans l'ordre de 1 à 4 les étapes de sa matinée.

MADAME EN RETARD

et les sept différences

Aide sans retard madame En Retard à trouver les sept différences entre ces deux images.

Réponses : 1) Le sèche-cheveux 2) le miroir 3) les flaques sur le sol 4) le robinet de la baignoire 5) la bande de couleur du tapis de bain 6) la serviette de bain de madame En Retard 7) un des carreaux des murs de la salle de bains.

MADAME  AUTORITAIRE

et ses devinettes

Qu'est-ce qui bouge les bras
et les jambes, et qui pourtant,
n'est pas vivant ?

Un automate.

Qu'est-ce qui a quatre roues
et fait « Pouêt ! Pouêt ! » ?

Une automobile.

Qu'est-ce qu'on demande
à une vedette quand on
la rencontre dans la rue ?

Un autographe.

Quand la porte s'ouvre
toute seule, on dit
qu'elle est… ?

Automatique.

MONSIEUR BAVARD

Qui dit quoi ?

Quand tout le monde parle en même temps, on ne sait plus qui dit quoi.
Retrouve ce que dit chaque personnage et dessine une bulle
comme celle de monsieur Bavard.

J'ai beaucoup de choses à vous dire

Je ne suis pas content !
(E)

Monsieur Grognon

J'ai du travail !
(C)

Madame Boulot

J'ai faim !
(H)

Monsieur Glouton

Pourquoi cette question ?
(A)

Madame Pourquoi

Madame En Retard

Je ne suis pas à l'heure !
(F)

Moi je sais !
(B)

Madame Je-Sais-Tout

Il fait beau-beau !
(D)

Madame Double
et madame Double

Oh ! là ! là ! que j'ai peur !
(G)

Monsieur Peureux

B, A, BA, Bavard !

Cherche et entoure dans l'image tous les objets dont le nom commence par « Ba » comme Bavard.

Réponse : Baguette, balançoire, balai, banane, ballon, baleine, monsieur Bagarreur et monsieur Bavard.

MONSIEUR  BAVARD

et ses charades !

Mon premier n'est pas haut.
Mon second n'est pas beau.
Mon tout chasse la poussière.

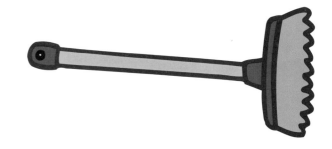

(Bas + Laid = Balai)

Mon premier n'est pas haut.
Mon second est sur le mouton.
Mon tout vit dans la mer.

Mon premier n'est pas haut.
Mon second n'est pas court.
Mon tout est rond.

(Bas + Laine = Baleine)

(Bas + Long = Ballon)

MONSIEUR  PEUREUX

Où êtes-vous caché ?

Où êtes-vous cachée ?

Dure journée pour
Madame Petite
et
Madame Beauté

Un dimanche, madame Petite allait faire
son marché et se retrouva dans une
poche entre un mouchoir et une !

– Quelle chance, se dit madame Petite,
c'est la poche du fermier, je vais faire
un tour en !

Mais le fermier sortit son
et fit tomber madame Petite
devant chez le boulanger !

Madame Petite acheta trois miettes, mais,
en sortant, elle tomba sur un gros
qui faillit la croquer !

Madame Petite se sauva et se retrouva toute seule sur la route et sous la pluie. Mais aucune  ne passait...

Madame Petite trouva refuge dans une , elle se recroquevilla pour ne pas avoir trop froid !

Comme elle aurait préféré être au chaud dans son petit  !
Soudain : boing ! Boing !
Monsieur Bing apparut !

– Venez, madame Petite, je vous ramène chez vous dans votre trou de souris !
– Au revoir, , lui dit madame Petite en arrivant, et merci !

MADAME  PETITE
et la météo !

Chaque matin, madame Petite écoute sur sa petite radio
les prévisions météorologiques. Aide-la à choisir les accessoires
qu'il lui faut en fonction du temps qu'il fait !

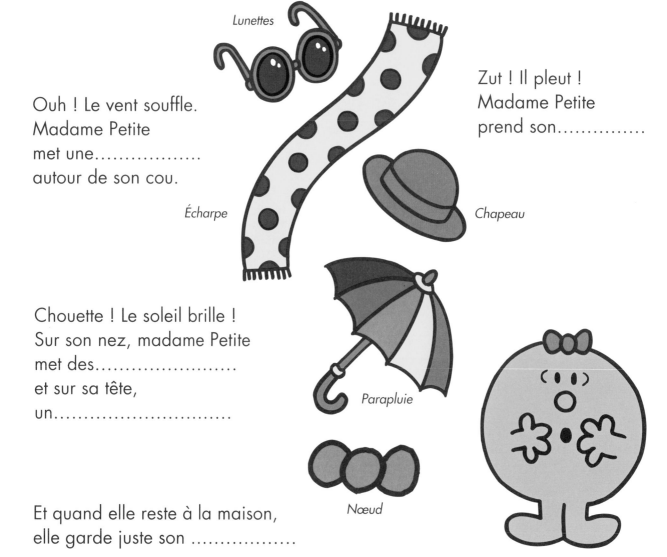

Lunettes

Ouh ! Le vent souffle.
Madame Petite
met une................
autour de son cou.

Écharpe

Zut ! Il pleut !
Madame Petite
prend son..............

Chapeau

Chouette ! Le soleil brille !
Sur son nez, madame Petite
met des......................
et sur sa tête,
un............................

Parapluie

Et quand elle reste à la maison,
elle garde juste son ....

Nœud

et ses expressions !

Voici quatre petites expressions que madame Petite aime utiliser.
Les connaissais-tu ?

Ne cherche pas
la petite bête !
=
Ne cherche pas à tout prix
le plus petit défaut !

Tu bois du petit-lait.
=
Hum ! Quel bon moment
tu passes !

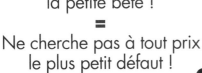

Mon petit doigt me l'a dit.
=
Je ne te dirai pas qui me l'a dit !

Le petit oiseau va sortir !
=
Ne bouge plus,
l'appareil va prendre
la photo !

MONSIEUR  BING

au secours !

Monsieur Bing voudrait bien voler au secours de madame Petite.
Mais il a besoin de toi. Aide-le à traverser le labyrinthe pour la rejoindre !

MONSIEUR CHATOUILLE

droite ou gauche ?

Monsieur Chatouille est un blagueur. Avec quel bras a-t-il attrapé madame Petite ?
Suis avec ton doigt ses bras entortillés et tu trouveras !

Réponse : son bras droit.

Où êtes-vous cachée ?

Qui l'arrêtera ?

Monsieur Bing en a assez
de bondir et de rebondir
tout le temps !
Il veut rester immobile.
« Avez-vous une idée ? »
demande-t-il à ses amis.
« Dormez ! » conseille
monsieur Endormi.
Mais, même quand il dort,
monsieur Bing fait
des bonds !
Tellement de bonds,
qu'il crève le plafond !
« Mangez des œufs ! »
conseille monsieur Costaud.
Mais, dès que monsieur

Bing attrape un œuf…
BING ! BING !
L'œuf saute et se casse !
« Marchez à l'envers ! »
conseille monsieur Méli-Mélo.
Et voilà monsieur Bing
qui rebondit… sur la tête !
« Voulez-vous que je vous
chatouille ? » propose
monsieur Chatouille.
« Tout mais pas ça ! »
s'écrie monsieur Bing.
Et il s'enfuit.
Ça sert de rebondir,
quand on veut échapper
à monsieur Chatouille !

plus grande ou plus petite ?

Le signe < veut dire «plus petit que», le signe > veut dire «plus grand que».
Dessine madame Petite au bon endroit, et dessine ce qui peut être plus grand
ou plus petit qu'elle.

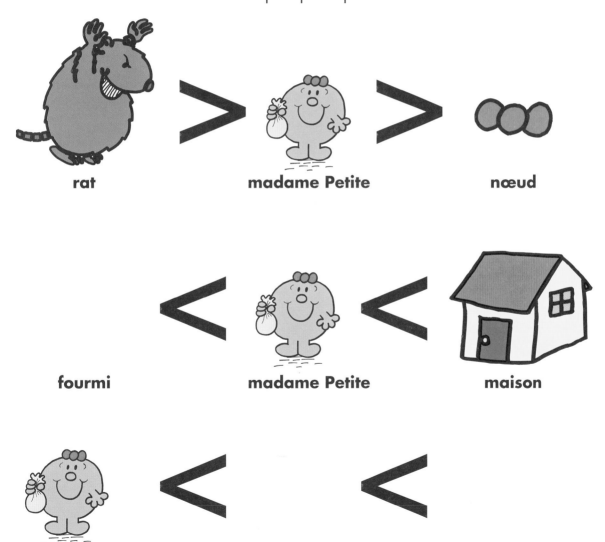

rat   **madame Petite**   **nœud**

fourmi   **madame Petite**   **maison**

madame Petite   **fleur**   **tracteur**

et son goûter

Pour remercier
monsieur Bing
de l'avoir ramenée
chez elle, madame Petite
l'invite à goûter.
Et quel goûter !
En t'aidant des modèles,
dessine sur la table
leurs couverts
et tout ce qu'ils
vont manger.
Et termine de colorier !

MADAME  PETITE
et ses amis

Monsieur Chatouille chatouille madame Petite et monsieur Bing. Dessine ses longs bras et la bouche des personnages qui rigolent. Colorie-les. Ne te trompe pas !

MADAME  PETITE

s'est perdue

Monsieur Bing est inquiet : il a perdu madame Petite ! Dessine la bouche de monsieur Bing. Dessine ensuite madame Petite pour que monsieur Bing retrouve son sourire, et colorie.

À quoi rêvent-ils ?

À ton avis, à quoi rêvent monsieur Glouton et madame Petite ?
Aide monsieur Rêve à dessiner leurs rêves dans la bulle.

Monsieur Glouton

Madame Petite

fait des cadeaux

Monsieur Heureux veut faire un cadeau à chaque dame.
À ton avis, lequel donnera-t-il à chacune ?

Monsieur Heureux

Madame Magie

Madame Chance

Madame Tintamarre

Madame Beauté

Madame En Retard

Rendez-vous chez le coiffeur !

Toujours aussi belle, cette madame Beauté ! Elle adore aller se faire coiffer. Colorie le dessin en suivant les indications de couleur. Et admire sa beauté !

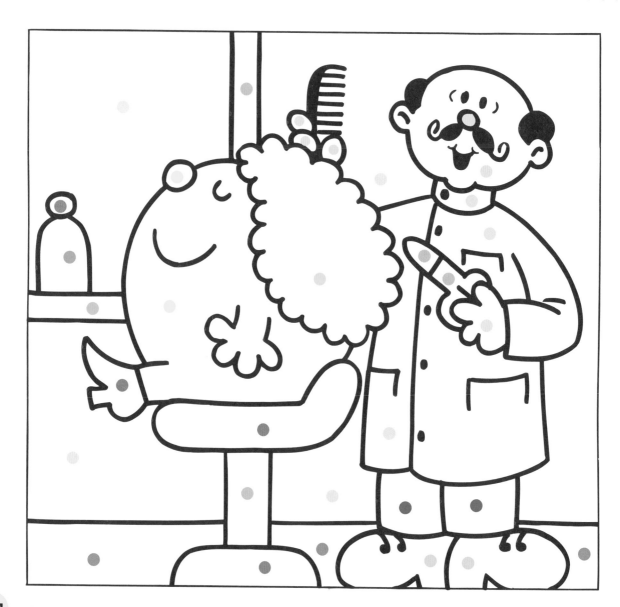

et son reflet

« Miroir, miroir, dis-moi que je suis la plus belle ! » demande madame Beauté. Mais elle voit sept différences entre elle et son reflet. Et toi, les as-tu trouvées ?

Réponses : 1) La lampe, 2) la main tendue, 3) la houppette à poudre, 4) le coton dans le pot, 5) le sourire, 6) le flacon de parfum, 7) le bord de la nappe.

Le cadeau de Madame Beauté

À l'occasion de son départ, madame Beauté invita ses amis. Monsieur Glouton dégustait avec appétit les .

– Pour vous aider à supporter mon absence, dit madame Beauté, je vous ai préparé un . À vous, monsieur Costaud !

– Une statue ! Moi, j'ai une meilleure idée ! lança madame Magie avec le . Abracadabra !

À la place de la statue de  il y avait maintenant une foule de statuettes, toutes identiques !

– C'est super ! s'écria monsieur Grand.
Je pourrai mettre madame Beauté
sur ma  !

Et monsieur Malpoli ricana :
– Voilà une  pour m'exercer au tir.

– Une cible ? répéta madame Beauté.
Vous avez entendu,  ?
– Oui, ma chère… Un instant !
Abracadabra… ton double tu seras !

Désormais, il y avait **2** madame Beauté.
Une partirait en voyage, l'autre resterait
avec ses amis ! Madame Beauté
était comblée !

MADAME BEAUTÉ
et ses statues

Madame Beauté s'admire tellement qu'elle fait faire une statue à son image.
Regarde bien toutes celles-ci. Laquelle est exactement pareille à son modèle ?

Réponse : d

MADAME BEAUTÉ

Belle, belle, belle !

« AH ! Que je suis belle ! » se dit madame Beauté.
« Je suis toujours bien habillée…
AH ! Que je suis élégante !
Avec mon joli chapeau… AH ! Que je suis ravissante !
Quand je marche, on dirait que je danse…
AH ! Que je suis gracieuse !
J'ai un sourire éblouissant… AH ! Que je suis charmante !
Tout le monde m'adore… AH ! Que je suis séduisante !
AH ! Que je suis splendide !
AH ! Que je suis superbe !
AH ! Que je suis magnifique ! »

Monsieur Non n'est pas d'accord

« NON ! Madame Beauté, votre chapeau n'est pas joli !
Il est laid !
Il est HORRRRRRIBLE !
BOUH ! Qu'il est vilain !
AïE ! AÏE ! AÏE ! AÏE !
Il est épouvantable, il est abominable, il est effroyable !
BEURK !
Il est affreux, il est hideux, il est monstrueux.
QUELLE ABOMINATION !
NON ! Il n'est pas beau !
Il est moche ! »

MONSIEUR MALPOLI

est puni !

Aide monsieur Malpoli à faire sa punition. Il faut rayer dix fois le mot POLI dans la grille, dans le sens horizontal POLI ou vertical : P O L I

D	P	B	U	R	P	D	V
P	O	E	C	S	O	B	S
O	L	D	P	O	L	I	C
L	I	P	O	U	I	P	U
I	P	O	L	I	S	O	B
P	O	L	I	P	O	L	I
R	S	I	B	U	C	I	L

111

MONSIEUR GRAND

et ses paniers

Classe les paniers du plus petit au plus grand en écrivant les bons numéros :
1, 2, 3, 4, 5, 6 sur les étiquettes.

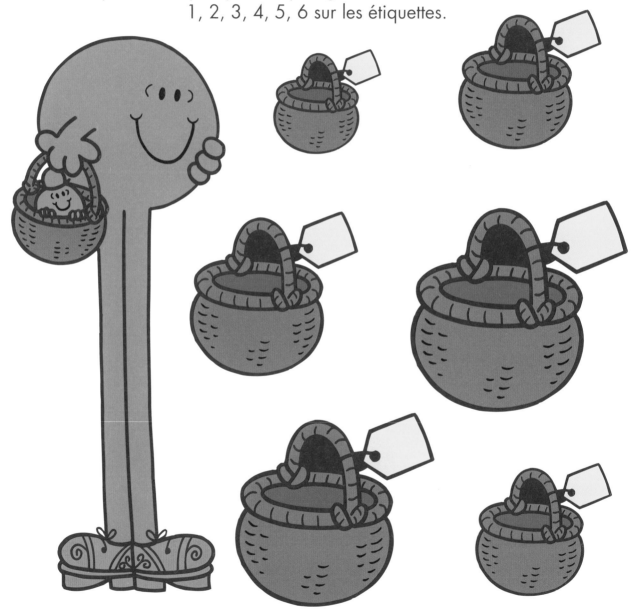

MONSIEUR GRAND

et ses expressions

Voici trois expressions que monsieur Grand aime grandement.
Les connaissais-tu ?

Il se donne de grands airs.
=
Quel crâneur !

Ce garçon est
une grande perche.
=
Il est très grand
et très maigre.

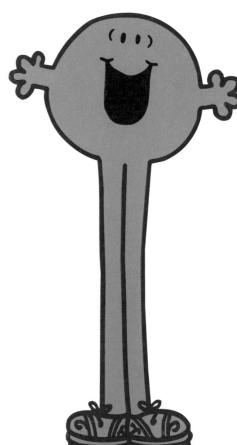

La maison au bord
de la grande bleue
est grande
comme un mouchoir
de poche.
=
La maison au bord
de la Méditerranée
est toute petite.

Les fantastiques pouvoirs
de Madame Magie
et
de Monsieur Chatouille

Madame Magie à la rescousse

En route pour sa promenade quotidienne, madame Magie rencontra monsieur Costaud. Il n'avait pas le  .

– J'en ai assez d'être costaud ! dit monsieur Costaud. Je voulais juste ouvrir ma et je l'ai cassée !

Madame Magie ne fit ni une ni **2** et prononça une formule magique qui ôta sa force à monsieur Costaud.

Ensuite monsieur Petit se plaignit devant elle d'être trop petit. Hop ! Madame Magie le fit grandir jusqu'aux !

Grâce à elle, monsieur Étourdi se souvint qu'il avait invité des amis dans sa  et qu'il n'avait rien préparé !

Monsieur Glouton lui dit qu'il voulait mincir. Abracadabra ! Il se dégonfla comme un . Merci, madame Magie !

Mais monsieur Costaud, monsieur Étourdi, monsieur Glouton et monsieur Petit se sentirent vite en  dans leur nouvelle peau !

 eut pitié de ses amis. Pas de panique ! Un petit coup d' magiques ! Et qui vous étiez, vous redeviendrez !

MONSIEUR COSTAUD

range ses haltères

Pour se maintenir costaud, monsieur Costaud soulève et resoulève sa collection d'haltères. Classe les haltères de 1 à 6 du plus petit au plus grand !

ne trouve pas ses mots

Peux-tu souffler à monsieur Étourdi ? Il a perdu ses mots !

Mais que font les poissons dans l'eau ? Ils.........................

Nagent !

Et les serpents, qui n'ont pas de pattes, comment dit-on qu'ils avancent ? Ils.........................

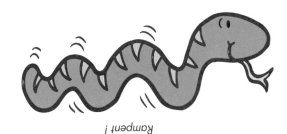

Rampent !

Et les chevaux, quand ils font la course ? Ils.........................

Galopent !

et les mots rayés

Dans cette grille de mots, cherche et raye 10 fois le mot **PETIT** horizontalement ou ~~P~~/~~E~~/~~T~~/~~I~~/~~T~~ verticalement.

T	P	E	P	I	P	I	P	E
I	E	P	I	P	E	T	I	T
P	P	E	T	I	T	I	P	T
E	I	T	E	P	I	T	E	P
T	P	I	P	E	T	I	T	I
P	E	T	I	T	E	P	I	T
I	T	I	P	I	T	I	T	E
P	I	P	E	T	I	T	E	T
I	T	E	T	P	T	I	P	E

MONSIEUR PETIT

et ses toutes petites devinettes

Qu'est-ce qui est tout petit, tout vert, et qui devient tout rouge ?

Un petit pois en colère !

Qu'est-ce qui est tout petit, tout vert, et qui danse ?

Un petit pois qui aime la musique !

Qu'est-ce qui est tout petit, tout vert, et qui fait sans arrêt ATCHOUM !

Un petit pois enrhumé !

joue au mémory

Monsieur Étourdi n'a aucune mémoire, tu le sais bien ! Mais toi, peux-tu l'aider
Regarde bien ces dix objets, puis tourne la page et renomme-les à voix haute.
Concentre-toi, tu y arriveras !

MADAME MAGIE

a la formule !

Abracadabra, madame Magie
te transforme en ... . !

Abracadabri et ensuite en s............ !

Abracadabru ou peut-être en .... !

Abracadabro et pour finir en................. !

Trace grâce aux pointillés le corps de tous les animaux
dans lesquels madame Magie t'a transformé(e) !

MADAME MAGIE

joue à la coiffeuse

Madame Magie s'amuse à échanger les coiffures de ses amies.
Dessine leurs nouvelles têtes en te servant des modèles et amuse-toi toi aussi !

MONSIEUR  CHATOUILLE

et son écharpe !

Madame Boulot a tricoté à monsieur Chatouille une écharpe aussi longue et aussi élastique que ses bras. Complète l'écharpe en suivant la forme des bras. Colorie-la suivant le modèle. Puis dessine les bras longs et entortillés de monsieur Chatouille. Ne t'emmêle pas !

jongleur de poids lourds !

Monsieur Costaud est bien le plus costaud ! Il peut jongler avec les animaux les plus lourds de la planète. Trace en suivant les pointillés et tu découvriras de quels animaux il s'agit.

chante pour monsieur Peureux !

Voici une chanson de monsieur Petit pour faire peur
à monsieur Peureux : chante-la avec tes amis !

« Prom'nons-nous dans le bois

Pendant que le loup n'y est pas.

Si le loup y était,

Il nous mangerait.

Mais comme il n'y est pas,

Il nous mang'ra pas.

Loup, y es-tu ?

Entends-tu ?

Turlututu !

Que fais-tu ?»

Le loup :

« Je mets ma culotte !

« Je mets mes chaussettes !

« Je mets mon T-shirt !

« Je mets mon pantalon !»

130

Merci, Monsieur Chatouille

Monsieur Chatouille chatouillait
tout le monde : même monsieur Lent
quand il lisait son  !

Mais les gens en eurent assez de se faire
chatouiller et monsieur Chatouille
restait triste dans son .

Un jour, la petite Annie lança son
dans l'arbre. Il y resta coincé.
Elle appela monsieur Petit.

Avec son , il grimpa en haut
de l'arbre et rendit son ballon
à la petite fille. Mais au moment
de redescendre…

Monsieur Petit eut le vertige ! Il n'avait plus le courage de lâcher sa  et appela au secours... monsieur Bing !

Monsieur Bing eut beau faire des bonds, il faillit perdre son , mais il n'arriva pas à décoincer monsieur Petit.

Monsieur Costaud vint à la rescousse. Il secoua le tronc si fort que fit la grimace : «Ne me faites pas tomber !»

Alors monsieur Chatouille accourut et il tendit ses grands chatouilleurs pour attraper monsieur Petit. Merci !

Cha-cha-cha !

Monsieur Chatouille adore chatouiller.

Ça, tu le sais !

Et sais-tu qu'il y a plein d'autres verbes qui commencent par "cha" ?

Quand tu te bagarres pour de rire avec un copain, vous…

chahutez.

Parfois, à force de chahuter, vous vous énervez, et vous vous…

chamaillez.

Et voilà ! Tu as fait de la peine à ton copain ! Tu l'as…

chagriné.

Pour te faire pardonner, tu lui fais des sourires. Tu veux le…

charmer.

MONSIEUR LENT

n'est pas pressé

Moi… je… ne… suis… pas… pressé…
je… prends… mon… temps.
Je… ne… vais… pas… vite… je… vais… lentement.
Je… ne… me… dépêche… pas… je… flâne…
je… musarde… je… baguenaude.
On… dit… que… je… traîne.
Mais… à… quoi… bon… courir… se… hâter… se… précipiter ?
Je… ne… suis… pas… paresseux…
je… suis… calme… posé… tranquille.

MONSIEUR LENT

Allez-y doucement !

Monsieur Lent est tellement lent que les fleurs auront poussé
avant qu'il n'arrive à sa maison. Dessine les fleurs sur le bon chemin !

Qui vous chatouillera ?

Essaie de deviner qui pourrait chatouiller monsieur Chatouille .

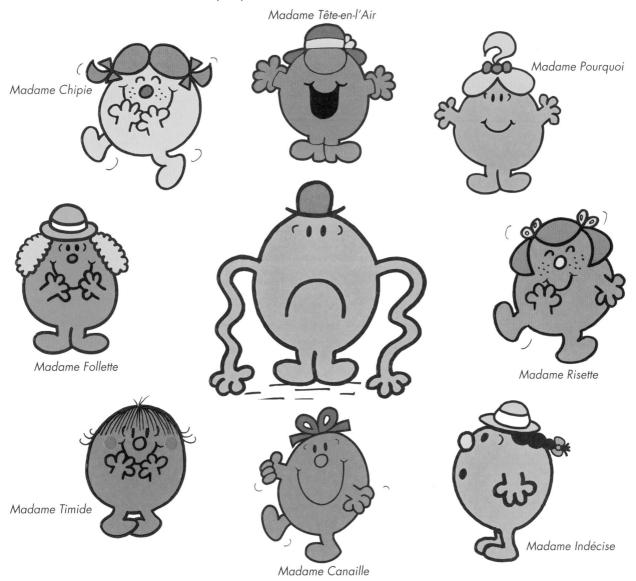

Madame Tête-en-l'Air

Madame Chipie

Madame Pourquoi

Madame Follette

Madame Risette

Madame Timide

Madame Canaille

Madame Indécise

Madame Timide n'osera pas ; Madame Pourquoi se demandera pourquoi ; Madame Indécise hésitera ;
Madame Tête-en-l'Air oubliera ; Madame Follette, oui ! Guili-guili ! Madame Risette, oui ! Guili-guili !
Madame Canaille, oui ! Guili-guili ! Madame Chipie, oui ! Guili-guili !

MADAME BONHEUR

a écrit un poème

Qui a des taches de rousseur ?
Qui est toujours de bonne humeur ?
Qui prend la vie du côté cœur ?
Tu as deviné ? C'est madame Bonheur !

Qui aime la pluie, le ciel et les fleurs,
Le froid et le soleil avec ardeur ?
Qui voit la vie tout en couleurs ?
Tu as deviné ? C'est madame Bonheur !

Pour le pire et pour le meilleur,
Elle est prête et n'a jamais peur.
Le bonheur est toujours à l'heure
Quand on s'appelle madame Bonheur !

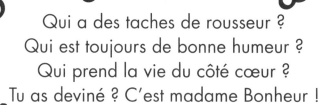

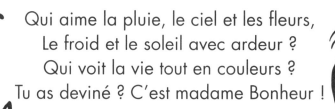

voit des fantômes

Et, bien qu'il soit courageux, il n'est pas très rassuré. Mais toi, sais-tu quels sont les Bonshommes et les Dames qui se sont déguisés en fantômes ?

Réponses : 1 : Monsieur Costaud, 2 : Monsieur Atchoum, 3 : Madame Petite, 4 : Madame Tintamarre, 5 : Monsieur Chatouille.

Où êtes-vous caché ?

Les drôles de blagues
de Monsieur Glouton
et
de Monsieur Farceur

Monsieur Rapide avait invité monsieur Glouton dans sa  pour le déjeuner. Mais monsieur Glouton avala tout tout seul !

Pour le goûter, il alla chez madame Follette. Il enfourna un poulet rôti, trois kilos de  et ne laissa rien pour son amie !

– Quel goinfre, ce monsieur Glouton ! dit madame Follette en colère. Il ne me reste que des  et des  !

Au dîner de madame Indécise, monsieur Glouton fit aussi honneur et à la fin il ne restait qu'une minuscule  !

Pour le souper, monsieur Glouton frappa
chez monsieur Bizarre et finit tout le  .
Tous ses amis se mirent en colère…

– Nous allons lui donner une leçon,
dit ⬤. Invitons ce glouton à un dîner
pas comme les autres !

En effet, chez monsieur Rapide,
toutes les  étaient vides !
Pourtant ses amis semblaient se régaler !

Monsieur Glouton fit semblant lui aussi
mais il n'en croyait pas ses 👀 !
Quelles drôles de façons !
Comprit-il la leçon ?

MONSIEUR GLOUTON

ne laisse que les trognons !

Monsieur Glouton fait la cueillette à sa façon !

Combien de pommes a-t-il mangées ? Combien y en a-t-il dans son panier ?

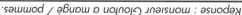
Réponse : monsieur Glouton a mangé 7 pommes.

fait ses emplettes

Pour l'anniversaire de madame
Tête-en-l'Air,
madame Follette lui achète
une tête.
« Pourvu qu'elle ne la perde
pas ! » se dit-elle.

Pour la fête de madame Vedette,
madame Follette lui achète une trompette.
« Avec ça, elle n'aura aucun mal
à se faire remarquer ! » se dit-elle.

Pour rendre heureux monsieur
Curieux, madame Follette
lui achète une casquette.
« Ça protégera son grand nez
du soleil », se dit-elle.

147

MONSIEUR  GLOUTON
et ses devinettes

Quel est le dessert préféré
de monsieur Neige ?

Les œufs à la neige !

Et celui de monsieur Sale ?

Les crottes en chocolat !

Et celui de monsieur Bavard
et de monsieur Bagarreur ?

Le baba !

Et celui de monsieur Avare ?

Monsieur Avare ne mange jamais
de dessert ! C'est bien trop cher !

MADAME FOLLETTE
et ses devinettes

Pourquoi les lions
ne font-ils pas de la balançoire ?

Parce que le vent défrise leur crinière !

Pourquoi les girafes ne grimpent-elles
pas à la corde ?

Pourquoi n'y a-t-il pas d'éléphants
dans le bac à sable ?

Parce qu'ils ne savent pas faire des pâtés !

Parce qu'elles ont le vertige !

MONSIEUR  BIZARRE

et son zoo bizarre

Dans son zoo bizarre, monsieur Bizarre a de drôles d'animaux.

Est-ce que le chabot est un chat très joli ?
Non ! C'est un poisson qui vit dans la mer,
dans les rivières ou les lacs, et qui a plein
de piquants sur le dos.

Est-ce que le ouakari
est une oie qui rigole ?
Non ! C'est un singe de la forêt
amazonienne, qui a la figure
toute rouge.

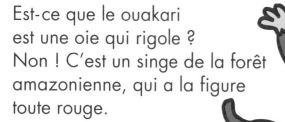

Est-ce que le tatou a
des tatouages partout ?
Non ! Il a une carapace articulée,
un peu comme un accordéon.
C'est un animal vraiment bizarre
d'Amérique. Il peut se gonfler d'air
et traverser, en flottant, des étendues d'eau.

Est-ce que le dingo est un animal
aussi farfelu que monsieur Farfelu ?
Non ! C'est un chien sauvage d'Australie.

MONSIEUR BIZARRE

et son menu bizarre

Monsieur Bizarre mange des choses bizarres. Dans ses plats, il met ensemble les mots qui se terminent de la même façon. Complète son menu.

① Un pâté de poisson au ....
② Un sandwich de purée au ....
③ Des beignets de crevettes aux ....
④ Une assiette d'épinards aux ....
⑤ Une salade de salsifis aux ....
⑥ Un plat de ragoût aux ....

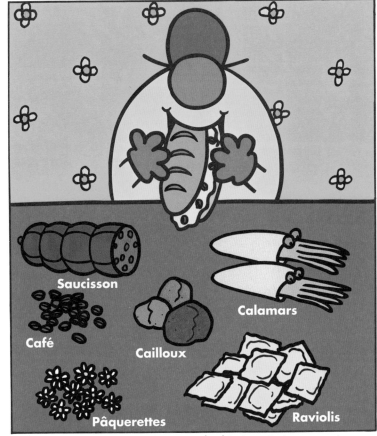

Saucisson

Café

Cailloux

Calamars

Pâquerettes

Raviolis

Réponses : 1) Saucisson, 2) café, 3) pâquerettes, 4) calamars, 5) raviolis, 6) cailloux.

151

et ses mots fléchés

Remplis à toute vitesse cette grille de mots fléchés et tu sauras que monsieur Rapide est rapide comme …

Réponses : flèche, fusée, éclair, lièvre

Chapeau !

Pour se faire pardonner de sa gloutonnerie, monsieur Glouton achète un chapeau neuf à chacun de ses amis. Aide-le à donner à chacun celui qui lui convient et termine de colorier.

Monsieur Rapide

Madame Indécise

Madame Follette

Monsieur Bizarre

range sa cuisine

Dans sa maison, repeinte à neuf par monsieur Farceur, madame Tête-en-l'Air prend sa cuisine pour sa salle de bains et sa salle de bains pour sa cuisine. Et évidemment elle range tout dans les mauvaises pièces !

Dessine les éléments qui se trouvent sur le côté des images dans la mauvaise pièce toi aussi, pour que madame Tête-en-l'Air se sente à l'aise dans sa maison !

MONSIEUR  FARCEUR

se met à la tâche !

Monsieur Farceur n'attend plus que toi pour repeindre la maison de madame Tête-en-l'Air ! Dessine des taches de toutes les couleurs et amuse-toi comme un vrai farceur !

joue au rébus !

Monsieur Bizarre adore jouer avec les mots ! Il est vraiment Loup-Phoque !
Relie le nom de chaque animal à un objet et toi aussi tu découvriras
de nouveaux mots qui se forment !

Réponses : chat-pot = chapeau, chat-lait = chalet, loup-phoque = loufoque, lion-seau = lionceau, veau-lait = volet, porc-trait = portrait.

Madame Tête-en-l'Air partait en vacances et en profita pour faire repeindre sa .

Monsieur Pinceau engagea monsieur Farceur. Il y avait tant de travail qu'il valait mieux s'y mettre à **2** !

Pendant ce temps, madame Tête-en-l'Air passait des vacances au avec madame Proprette et monsieur Avare.

Monsieur Farceur peignit une porte en violet directement avec le !
Madame Tête-en-l'Air allait faire la grimace !

Eh oui, elle détestait le violet ! Zip !
Zoum !  peignit les [fenêtre] en rose,
les murs en jaune, en vert, en bleu !

– Oh ! Ma cuisine, quelle merveille !
s'écria à son retour madame Tête-en-l'Air
avec un grand [sourire] en regardant
la salle de bains.

– Et la salle de bains couleur de [fleur],
quelle bonne idée ! dit-elle en entrant
dans sa cuisine.

– Bravo, monsieur Farceur ! Quel talent !
Je n'en crois pas mes [yeux] !
Ma maison est vraiment réussie !

MONSIEUR  AVARE

compte ses bonbons !

Monsieur Avare veut absolument savoir combien il a de bonbons dans son tiroir.
Il compte :

 $1 + 1 = 2$

« Mettons dans le tiroir le bonbon caché dans le salon ! décide monsieur Avare.
Comme ça, j'en aurai…

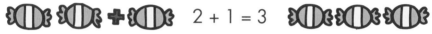 $2 + 1 = 3$

Si j'en mange 1 ce soir, il m'en restera…

 $3 - 1 = 2$

Si j'en mange 2, il m'en restera…

 $3 - 2 = 1$

Si j'en mange 3, il m'en restera…

 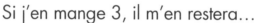 $3 - 3 = 0$

Quelle horreur ! s'écrie monsieur Avare.
Finalement, j'en mangerai 0.
Comme ça, il m'en restera…
$3 - 0 = 3.$ »

  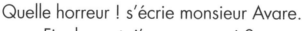   

MONSIEUR  FARCEUR
joue au méli-mélo

Bonjour, monsieur Rigo-Peu ! Euh, pardon monsieur Lo-Reux !
Mais qu'arrive-t-il ? C'est monsieur Farceur qui a coupé et mélangé les étiquettes !
À toi de remettre tout en ordre et d'écrire le bon nom sous le bon personnage !

POLI TAUD

RIGO

MAL REUX

LO

COS

HEU

a l'air bien cachée !

Monsieur Malpoli cherche madame Tête-en-l'Air. Elle est derrière une fenêtre dont les volets sont ouverts, qui n'a pas de rideau, et pas de fleurs.
Dis-lui donc où elle est !

Réponse : au milieu à droite de l'image

MADAME TÊTE-EN-L'AIR

a un problème

« J'ai quelque chose à faire », se dit madame Tête-en-l'Air en se levant. « Mais quoi ? »
Elle cherche partout dans la maison. La vaisselle est rangée dans le réfrigérateur, les coussins du canapé sont sur le tapis, le lit est dans la baignoire… Tout est normal !
« Ça y est ! s'écrie madame Tête-en-l'Air. Je dois rappeler à monsieur Étourdi que… que… que… J'ai oublié ce que je dois rappeler à monsieur Étourdi ! »

MADAME TÊTE-EN-L'AIR

prend des vacances

Quelle belle photo de vacances avec madame Proprette et monsieur Avare !
Retrouve les détails du bas de la page dans la photo
et nomme tout ce qui commence par « P ».

Réponses : paille, plongeoir, parasol, palmes, piscine, pieds

MONSIEUR GLOUTON

suit son régime à la lettre !

Lundi, il ne mange que des aliments qui finissent par le son ON,
mardi, par le son É, mercredi, par le son I, jeudi, par le son ER,
vendredi par le son O, et le week-end, un de chaque.
Entoure chaque repas de sa semaine avec une couleur différente !

Réponses : lundi - le poisson, les champignons ; mardi - le poulet ; mercredi - les spaghettis, les brocolis, les radis ; jeudi - les pommes de terre, les haricots verts, le camembert ; vendredi - les poireaux.

Où êtes-vous caché ?

MONSIEUR  FARCEUR

Où êtes-vous caché ?

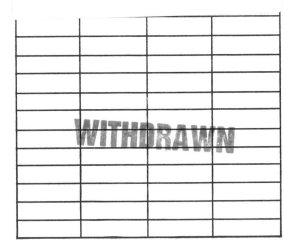

WITHDRAWN

Dépôt légal : mars 2009
ISBN : 978-2-01-22-5209-7 / Édition 01
Loi n°49-956 du 16 juillet 1949 sur les publications destinées à la jeunesse.
Imprimé et relié en Italie par Ercom.